春说桃花秋说月

——潘政祥诗歌集

潘政祥 著

天津出版传媒集团

天津人民出版社

图书在版编目（CIP）数据

春说桃花秋说月：潘政祥诗歌集 / 潘政祥著. --
天津：天津人民出版社，2020.12（2023.7重印）
ISBN 978-7-201-16981-1

Ⅰ. ①春… Ⅱ. ①潘… Ⅲ. ①诗集－中国－当代
Ⅳ. ①I227

中国版本图书馆 CIP 数据核字(2020)第 254829 号

春说桃花秋说月：潘政祥诗歌集
CHUN SHUO TAOHUA QIU SHUO YUE：PAN ZHENGXIANG SHIGEJI

出　　　版　　天津人民出版社
出 版 人　　刘庆
地　　　址　　天津和平区西康路 35 号康岳大厦
邮政编码　　300051
邮购电话　　（022）23332469
电子信箱　　reader@tjrmcbs.com

责任编辑　　赵子源
装帧设计　　青年作家网图书全版权事业部

印　　　刷　北京华强印刷有限公司
经　　　销　新华书店
开　　　本　710 毫米×1000 毫米　1/32
印　　　张　8.5
字　　　数　140 千字
版次印次　2020 年 12 月第 1 版　2023 年 7 月第 2 次印刷
定　　　价　39.90 元

序言

煮一壶桃花酒，一起赏月

因文字结缘，认识了潘政祥老师，起初还以为他只是一个诗歌爱好者而已，当读了他的诗，才发现不同寻常，他用文字构建了一个浪漫而又朦胧含蓄的诗歌王国，他与太阳对话，与月亮谈情，与春风约会，与秋风漫步。读他的诗，可以品味到别样的人生，一种饱满社会阅历、生活哲理的人生态度。在写诗人比读诗人还多的今天，潘老师的诗歌无疑是一道别样的风景，为中国诗坛注入了新的活力。

随着与潘老师的交往，逐渐对他有了更深的了解。他从小就爱好文学，属于典型的文艺青年，在中学时期就有作品在省级报刊上发表；后来成了一名优秀的军医，也因为文笔出众，而受到领导嘉奖；退伍之后从事建筑工程方面的工作，但是工作之余，依然不忘创作。

潘老师才思敏捷，不仅写诗的质量高，而且产量也高。他说，有时在办公室坐一上午，就写出好几首诗，并且大部分被文学报刊和网站刊登。记得有一次，我们在一起喝茶聊天，他边喝茶边摆弄着手机，说有三四家报纸向他约稿，他今天得发给对方。

在我们"吟安一个字，捻断数根须"和"为求一字稳，耐得半宵寒"时，他却能快速地完成高质量的诗作，可见其文学功底是非常深厚的。

潘老师自 2018 年开始，陆续整理作品并出版，包括诗集《你是我最想见的：潘政祥诗歌集》《忘了，最好就别再记起：潘政祥诗歌集》《你是用水，洗净了我俩的记忆》，小说《爱情会逝去，但我们必须留下》等，还创作多部影视剧本，另有一百多首（篇）作品被市级以上刊物录用。

在《春说桃花秋说月：潘政祥诗歌集》的诗歌国度里，你可以看到诗人的潇洒风流。他可以拾起"一片有心思的落叶"，也可以让"太阳摔倒在遥远的沙漠"。他可以用"一粒沙填平大海"，也可以用"自己银色的头发系牢一艘即将离岸的小船"。他可以说"让月亮脸红的""甜言蜜语"，也可以"给爱情一件外套"，然后"被一片树叶遮挡了双眼"。他可以"把月亮安在天花板上"，也可以"为你吹熄最后一颗星星"。总之，在这部诗集里，你可以与诗人一起"写青春懵懂的诗"，或"摘下天空最后的一片云"。

正如这部诗集的名字一样，就让我们在这个美好的时光，煮一壶桃花酒，一起赏月，一起读诗，一起读你读我！

青年作家网总编辑　汪家弘

2020 年 10 月 28 日

目录

是谁打扰了我

是谁打扰了我
是不是你的呼吸

然后，我确定
我不在这列呼啸而过的火车上

我把九十九只羊赶进羊圈
唯独忘记了自己

我刚把时间调到昨晚的十一点
天真的就黑了下来

我以半棵树的热情
与六月的风达成了共识

做诗人的日子

强忍一截略显生涩的诗
坐在门槛上等天黑

疼痛的腰椎以上
是光明的日子

把骨头一点点搬上月亮
让爱越来越简单

把昨天锁进抽屉
爱毕竟只是一小部分

此时，我知道你是赤脚的
阳光双眼微闭

我贴着自己的标签

总有那么一天
我会把你爱得一点都不剩

你把水还给我
我把呼吸还给你

如果有一天我突然走失
请别找我了
那是我已离不开你

我的墙四面透风啊
屋顶也年久失修
砧板上只有一根鱼的刺

我醒着贴着鲜艳的标签
睡着也是

别看这么晚了，我不是说胡话

一个人在朝拜
一个人在杀人
我什么都不做

我睡去
硌得我生痛的石头
是我的情人

为了制造美丽
我必须
先赞扬丑陋

我时常参拜太阳
偶尔也有小草
参拜我

在我刚刚好的时候
遇到
刚刚好的你

这是个非常理性的夜

这是一个非常理性的夜
发出爱的声音
紧张得捂住自己的嘴

一首诗是崭新的灯
一首诗是破碎的灯
一首诗是我

幸好这夜的声音是黑色的
可以掩护我黑色的声音

床是新的
枕头是新的
只有我是旧的

扶起一截木头
就像当年我扶起爸爸
同样是夜晚
一个是下山
另一个是上山

日子是有磁性的

夜穿过巷子
我穿过夜
你穿过我

开始我是逃犯
后来我是警察
最后我是法官

日子是有磁性的
吸着你影子的碎片
死死不放

在一条水做的路上
有一条鱼
在捡破碎的月亮

一个诗人
最后
死于诗的枯竭或诗的泛滥

故事梗概

今晚，我会暂时告别黑暗
因为我想把明天的事今晚给做了

石头上的青蛙欢快地唱着
其实石头并没有值得歌唱的爱情

我用你的嘴
说出我的爱

要学会开心
别让开心全被人拿走了

后来
听说她结婚了

坏人与好人的游戏

吃下月亮这颗白色的药吧
让痛在你体内求饶

知道夜有多深吗
用火柴去试探一下吧

来吧来吧
来一场坏人与好人的游戏

我的一生

大部分的记忆都已丧失

每个伤口都住着一只眼睛

为了诗，我将星星重新排列

我不知道
那支香会燃多久
但我知道
我一定会比香
长命一些

木鱼还有一万句话要说

所有的刀
刀口都朝向自己

别浪费我的骨头
木鱼还有一万句话要说

撕开麦子的衣襟
你是如何做到的

终于有一天
我会与自己不欢而散

我已不戴玫瑰盛开的帽子了
蜜蜂与蝴蝶死在失聪的风里
那些毫无意义的日子

夜的深度与心情有关

我常常会因麦子的成熟
而沮丧

我从头顶抓出一把夜
然后抹在眼里

根本没人会在意
我亲吻过的事物最后的去向

我用一条患病多年的腿
支起一堵墙的颓废

歇在我睫毛上的两只蝴蝶
我想其中一只是我自己

当我举起右手
我的左手定是很忧郁

所有美丽的花朵
前生都是丑陋的种子

我的哲学

雨宽恕了我的眼睛
我宽恕你的背影

我是嗜睡的蜜蜂
你是将花画在我眼前的人

不管你是正面侧面甚至反面
只要你在
我就好

离家的人伪装一些伤感
归家的人伪装一些开心
我在半路上
回头看一会儿云

闲言碎语

废墟里
我只拣回镜子的某一部分

木鱼
是用树的命做的

清晨
我们又被鸟叼到了人间

缺了你的诗

在一首诗里
我给夜换了种衣服

在我的额头
不知什么时候有了水流的声音

如果我拥有今天的早晨
我便已经拥有了昨晚

我刚清扫完自己的影子
月亮便下山了

既然我作为人
那就有说鬼话的权力

缺了你的诗
羽毛如雪

一半的人生

我的仇人
来自于碎镜里
那似曾相识的面孔

人间
雪不值得来
那么，我值得吗

把时间拦腰锯开
然后，给它装上起搏器
再用收集来的锯末
至少可以养活两朵毒蘑菇

这个春天很荒芜
那个提刀而来的人
被雪深埋了

我是一个麻木很久的人
可突然长出的嫩芽
使我一阵一阵地疼

我该坦白的

经不住拷打的我
稻谷帮我坦白了一切

我潜入海底的意识中
找到一夜的自由呼吸

被人抬着是幸福的
可我还不想要

我一进门就消失了
另一道门出来一个扎着辫子的人

我与雪的合影
在夏天的墙上快乐地活着

我与这个世界

我用缺氧的嘴唇
将一支几近熄灭的烟
点燃

窗外
什么都没有
一盏灯紧捂我的眼

早上
我一睁眼
就扔下一地的阳光

你还是没有出现
我且把路边一朵在风中婀娜的玫瑰
当你看

我和"鬼"的故事

我和"鬼"交谈了一夜

我和"鬼"在草庐里下棋
"鬼"被身后偷偷过来看棋的人吓了一跳

今天我听到很多"鬼"的名字
酒鬼、烟鬼、讨债鬼……

你用雪来掩埋我
我报以阳光去温暖你

这是一种什么样的感觉

我突然听见自己的身体里
有种子发芽的声音

我在世上并没有欠下什么
唯独欠自己一柄利剑

我并不拒绝太阳
但我拒绝太阳说的希望

今天有阳光很好
即使下雨也不错

我被一张去西藏的车票
托运到了海南
布达拉宫还真美啊

我的自白

我不知道有时为什么这么怕死
也不知道什么时候突然就不怕了

我不在乎土地的下沉
更不在乎自己的双脚
沉得比土地更快

这辈子所有有过的尊严
是总能看到一片落叶
还能把风玩弄于股掌之上

我自己认为最了不起的
是自己把自己囚禁了
而钥匙放在右口袋
门口由自己把守

我不停地为自己辩护
又不停地揭发自己

别喊我，我只是在一本书里

如果明天的太阳足够暖
对于爱
就有了足够的理由

当夜睡去
我在刀锋上醒来
开始打扮自己

我在一本书里
打开一具合适的棺材
然后，躺进去

我不住地咳嗽
咳出所有星星都出席的音乐会
最后咳出一片像月亮似的止痛药

这是一个开口就错的世界

我拧黑天空
接过月亮递给我的拐杖

我骑上四月的风
遇见在湖边钓诗的鱼
于是，我收紧缰绳，改变方向

只要我闭口不言
真理
就在我手里

今天我忍不住说了句实话
路边的一朵小花
便蔫了

那个冬天的事
让雪说去
我们谁说了也是白说

我不是为这个春天代言

我是一滴小小的雨
在寻找一个
可以放纵或安置自己的天空

我有箭与远方
你有弓吗

摘下王冠
太阳敷衍地看了一下
没入人群中的我

我们彼此为对方
弹去落在肩膀上的
一个大病初愈的春天

你向我走来
我向你走去
剩下的路，越走越远

听说明天要下雨了

有些梦
累了
歇歇再做

今晚
月亮
抄袭了我的心情

月亮跳进河里
我帮它提着白色的鞋子
和一整条岸

我用我的右眼
小心翼翼地看了一下
左眼的心情

在去修行的路上

在去修行的路上
我必须原谅鞋子的激进思想

如果我死去
请别吝啬你的微笑

在黑暗中铁与铁的激烈争吵
这与火车无关

听说还要下一个晚上

用春末的雨
洗净额头和路的远

趁着雨恍惚的时候
我将心情抹进天空的皱纹

我用一把貌似月亮的刀
为你守住一座城

青春日记

记得
日记里有两个春天
都是上了锁的
现在
锁上还有雪的斑斑锈迹

那夜
我说月亮是漂亮的钥匙
你却说是把刀
的确
那个冬天的风
特别刺骨

最开始是头朝下的
像屋檐的雨滴
梦醒来后
一眼空巷
半面镜子
在等待伞下的一窗孤寂

我爱上水的夜晚

月亮是见过的
风是见过的
皱纹是见过的

我把一把风放在水面
等你来
我就取回

天擦黑的时候
我们各自带上水
退回出发的地方

一群人在赞美一条鱼
而鱼只是想
谁能够放过自己

我爱上你的那一刻
一朵花开了
后来开了一大片

假装有所悟

子弹在出膛的刹那
肯定是后悔的

我用所有的苦难
给自己做一顶
最美的花环

给黑夜一块新买的毛巾
还有半块香皂

树下的人都走了
两片孤独的叶子
悄悄地拥抱在一起

有些灯是照人的
有些灯是照鬼的
而更多的灯是灯与灯相互照的

如果你还没睡，就懂得

今夜太黑了
看能不能向天空
借明天的太阳先用一用

我睁开眼
把月亮点亮
想把以后所有的诗写完

黑暗会如期而去吗
你会如期而至吗

尽管你给我翅膀
可我也只是
有些像鸟

我是容易忧伤的人
飞机场火车站
都曾讨要我的几滴眼泪
只是绿皮火车相对于飞机
我的忧伤会更长一些

一个走进暮色中的男人

一个躺在书中的沉默男人
吸烟、喝酒、禁欲
挥霍黑夜

他终于明白
叫声最响的鸟儿并不是离得最近
离得最近的人并不是最爱

我每天只做一件事
就是小心翼翼地
让自己老去一点

我有罪吗
可明明有那么多人
在围剿我

有话就要说出来

谁喊了我
声音告诉我
是我自己

剩下的这点风景
也已经很旧
就像我额头皱巴巴的月亮

我在你眼里
抠出生锈的石头
从此，你便不再有痛了

有了月亮
有了羊
有了我

许多人
至死都没见过
真蝙蝠

明明白白我的心

还有什么值得我骄傲的呢
除了你

如这样睁着双眼想你
不如去梦里见见你

我三月的心思
经不起一朵花的拷问

要去流浪，便唱起歌

是谁把人间的相思捏碎
撒得满地都是

我不去远方流浪，要流浪
我便唱起歌
歌里面，有我要去流浪的远方

抬头看见的天空是假的
只有你是真的
真实的天空
早已在你的眼里轰然倒塌了

把眼睛还给花的美

在这个三月
我悄悄地删了自己

以爱情的方式
恢复月亮最初的记忆

我在麦芒上享受着痛
还有幸福的日子

在我走之前
把眼睛还给了花

夜里，总有一双冰冷的手
摸着我陌生的脸

这个春天，总是断断续续

每一次相思
总有两颗星星在摇晃

夜不是你的全部
可你却是我全部的夜

我拷问夜
夜拷问路灯

自从学会了飞翔
我便拒绝翅膀

幸亏在这个春天
我忘了加法

都是心情的原因

一块破絮似的云
挡住了阳光
我想把它拨开
于是想起
那晾着衣服的竹竿

本来是想
与路过门口的太阳说会儿话
可风匆匆地过来
将一片发霉了的云
塞进我的嘴巴

天空如期亮了
善良的小鸟
为我准备了好听的
催眠曲

故乡欠我一个梦

故乡啊
我能否用一首诗
换取你对我的一次青睐

我所有的声音
都来自于故乡
一块青石板的虚心

故乡啊
我想走进你的心里
可又怕再也走不出来

我信手拈来一个梦
不知能否装扮
一堵陈旧不堪的土墙

灵魂在上

灵魂在上
身体在下
风吹动高过我的所有事物
包括明天即将离我而去的
黑白参半的头发

深夜
我看见流浪的山
我看见流浪的水
我看见流浪的我

像鞋子安静的颜色
我躺进去
至少，要和天空保持距离

我坚信
或许还有一个人会相信
是灯发明了黑暗

走过那些尴尬的日子

从一盏灯里醒来
我省略了呼吸
光也怕风

高过头顶的
不一定只有天空
还有青虫孤鸣的声音

星星坠落
火种发芽
一片叶在风言风语中挣扎

坐等天亮的人
永远等不来天亮

你说是就是，是了吗
你说是就是，是了吧

一片落叶想说的

既然把我拾起
缘何又将我遗弃

找不到一个人的天空
才是真实的

一场没有我的比赛
我不是已经赢了就是已经输了

所有的思念
只是一场雨的开始

我的空间很空洞

种一束玫瑰的美
在我想你时
沉睡

我唯一能做的
就是坐在桃树下面
将一朵朵阳光缝进我的体内

夕阳下
我背着影子走下山
有人说我这是
背着即将顿悟的木头

第三种心情

把黑暗拦在体外
我已不再需要石头的盲目随从

给夜留下一些可怜的颜面吧
水还没漫过我整只眼睛

这里不需要感动的语言
我只想找一个死去的人谈谈死亡

春天的样子
就是我听说你要来的样子
那时候
我并不知道自己已经多余

第四种心情

与天空告别
我要返回人间做一片落叶

今天我不许哭
我要把感动留给自己

在河里行走，石头是我的亲人
因为它最知我的痛痒

我挥霍过的那片雪
最后一定会落在我的头上

我一生的美
是睫毛上一滴雨的犹豫

这个春节，我听到一声叹息

这个春节
因不敢咳嗽
我把香烟给戒了

这个春节
我不敢开口
唯恐一开口便飞出只蝙蝠

这个春节
我的红包都是微信发的
绝对干干净净

这个春节
一只鸟
就这样飞了

我站在窗前
为它守护着
鸟巢

顿悟

和夜挨得最近的
一定是光

我烦躁时是沉默的
只有沉默时才烦躁

即使我身披鳞甲
长出鱼眼睛
也无法泅渡

我在故乡数有月亮的日子

老家很穷
穷得连风也养不活了
只有每年的清明节
才能饱吃一顿

事实上
我的父亲
在临死前
也来不及接受一句道歉

雨是先落在我的身上
再落在地上的
可雨也是先落在地上
再落在我爸爸身上的

今晚我决定回故乡一趟

在老家村口枫树下
我会遇见最美的自己

故乡啊，你有多少梦
我就送你多少月亮

此刻，话多余
眼泪多余

在下一首歌里
你能否不再将我放置在
副歌部分

我原谅的不只是花

我原谅了花的凋零
花却不肯原谅我空洞的眼睛

天还是会亮的
因为我还活得好好的

太阳今天又把我认错了

月亮下，什么都消失
只有那空空的酒杯
唱着寂寞

一、二、三

太阳是被我宠坏的情人

黑夜吸烟的人
烟蒂总比故事多一个

让风吹向我吧
我有一片未知的湖泊
和已知的爬满牵牛花的土墙

太阳下总是有故事的

要允许太阳露脸
要允许被一首诗看破心事

那年镜子碎了太阳碎了
我俩却恋爱了

站在太阳下
我是否是土地的唯一败笔

因为我想比你更了解太阳

我拒绝船的邀请
我拒绝不了海里的火

从海里回到故乡
我用一双已畸形的筷子
夹起一桶曾养活过自己的水
和一些零碎的日子

然而我一定会比麦子晚熟几天
那个时候我是光着脚的
因为水漫过脚背
正适合去了解太阳

我的口袋有一朵送不出去的玫瑰

我是被夜出卖的人
我知道口袋的用处
口袋也知道我的意图

我们的嘴唇拥有两次机会
一次是花开的时候
一次是花落的时候

所有醒来的文字
都是我的
至少都有我的份

手的作用有时很意外

你若来
我便是奇迹

你应该一目了然的
我肩上扛着旗帜

既然你我相遇
又何须问明来意

我洗净的手
和雪谈及你

我与火有实质的关系

我阻止火的醒来
我有足够的耐心与时间
等待整个森林的变节

下雨了
我终于有机会
把天空看了个遍

对于酒的烈度
我极力隐瞒
不戴眼镜的那部分

随想

我无法复制
昨天晚上的失眠

拥抱着一粒稻谷的卑微
因为我的故乡就藏在稻谷里

我真的不想再抹黑自己了
但又担心夜晚不知道白天的黑

给爱以翅膀

我向鱼学习接吻
向石头学习忠于爱情

我的泪水是无辜的
却也能阻止一朵云的轻浮

我不想给爱以枷锁
我反倒要给戴上枷锁的爱以钥匙
再给它以翅膀

今年我只说爱情

我从水里偷来一兜风
仔细翻阅一堵墙的爱情哲学

吓倒自己的方法
就是右手发现左手在偷偷地恋爱

爱情从来没有曾用名
以后也不会有

以爱情的名义

在太阳下
有我沉默已久的身体

在海边
你拣起一枚明天的太阳

我沉沦
以爱情的名义

在阴暗的日子里，我想

我想，把诗戳出许多洞来
让阳光自由呼吸

我想，偷出藏在古井里的钥匙
放出被困已久的太阳

我想，退出镜子的视线
把自己交给一面太阳监督

我想，退回冷清的观众席
邀请太阳闪亮登场

是你让我幸福

（一）

大海敷衍了我

是你让我感到幸福

（二）

我错就错在

没有和太阳一起弯下腰来

（三）

我把影子用图钉钉在墙上

然后放心地转身离开

（四）

你说

今天挂在窗上的太阳

很暖

你却不会知道

我昨晚上

练习了一夜的

临门一脚

别离自己太近

在春暖花开的时候
别离自己太近

在雨中奔跑的蚂蚁
我不得不这样比喻人类

面对太阳
我们需要交出所有的忧伤

坏人的天空也很蓝
并且他总比好人
有更多证明自己是好人的证据

举着旗帜的人
一定走在队伍的前面
所以，我转过身
高举爱情

所有的戏总有结局

我戴上你赐给我爱的王冠
你便有了一颗
可以肆意摆放的棋子

只要你能吹响
我便愿做一支竹笛

对于某出戏
我只是忠实的观众
却在别人的故事里流自己的眼泪

所有的戏总有结局
我只有在洒落一地的眼泪里
才能找到自己

面对不幸
我只有重新学习加减法
可我得找到铅笔与橡皮

这个春天不是晚了

请把你的断臂交给我
今天我无暇顾及
如待字闺中的一些
美丽的文字

我回到昨晚的梦中
把斧头还给树
把刀还给铁
把自己还给阳光

每个醒来的早晨
我们都要记得
这是上天的恩赐

这个春天不是违约了
违约的是我们自己

为自己送行

我拿下树冠上的眼睛
为春天搭好戏台

洗净脸上的倦意
把一枝柳喊醒

我努力疏散着
这从四面八方赶来的春天

钓鱼的时候
我突然想起你那春天的唇

爱上我吧

爱上我吧
我还有一井的忧伤

去迎接光明吧
我已将一船的诗点燃

是你眼里飘过的白云
让我爱上天之蓝

你唇边有蜜，你前面有蜂飞舞啊
请赶快转身
我和阳光就在你身后

想象有段爱，可以铭心刻骨

别催了
我知道兰舟待发
容我先与春天聊会儿天

想你的时候
我就拿出诗里的一个字
当凳子，坐一会儿

我自毁翅膀
是想留下来
陪着你

落日归去
希望那湖面上的吻
是你留给我的

让我吻尽你的忧伤、你的不安
为了一句爱
我愿穷尽一生

我简单，故我写诗

我在月亮疏忽的地方
找到自己
和星星一样的忧伤

如果你一定要离开
请你朝背太阳的方向
别把你的影子留下，让我孤单

阳光很简单
人间很简单
简单到只剩下我的目光

我的目光很痛
因为它摔倒在
你刚刚离去的脚印上

赞美生命吧
也要赞美爱情与鲜花
更要赞美死亡

你说什么我都相信

风歇在我头顶
我听见风在与谁的窃窃私语
风就歇在我头顶

不可言传的时候
我写一首诗
再画一个像你一样的月亮

太阳准备就绪
墙壁也很干净
可我怎么才能找到一枚图钉

假如，我死了
就把诗里可有可无的字拿下来
再把我葬进去

我从一个黑暗看向另一个黑暗
你说里面有我的爱情
你说什么我都相信

我请你来的理由

等我把剧本写完，笔不再咳出血
我再请剧里的丫鬟
去请你

我绕开今天的太阳
是因为我
太在意那个伤口

天空必须空着，土地必须空着
我的血管也必须空着
我必须要让一盏灯
找到去爱你的路

眼前一切都很美
最好让风再打碎一只杯子

不攻自破的城

天空荒芜
人间有座不攻自破的城

因为你根本无爱
所以忘记也很奢侈

现在，白天用完
只剩下一本厚厚的黑夜

当我真心想接近你的时候
你却撤去了梯子

麻雀敢靠近我
它以为我也有翅膀

风言风语

风的秘密
一碰就破

以殉道者的身份
为风开脱

一些风
夭折在半路上

有人在窗下经过
请你撤了捕捉风的网

风的语言
实在有些潦草

门一直虚掩着
为了风，我从不落锁

有些怀念是真的

我该如何去阻拦
那叶私奔的小船

旷世的空
不过是更浅薄的欲盖弥彰

我的血液奔腾啊
面对比我更激动的稻草人

我像父亲那样
记住父亲的新房

村庄交出小巷
我交出睡过父亲的门板

让子弹射向我

你有刀
我有岁月与磨刀石

我长出翅膀
让子弹射向我

鱼话多，却只字不提
人间的是非

禅坐的高僧
蒲团正悄悄地成为春天

被流放的女人啊
只拥有马匹、水和草原

谎言
总比真话更理直气壮

我是一个被诗耍了的人

我拎着一片海
绕着弯山走了一圈

斧头啊
你缘何总授人以柄

你是一个被诗耍了的人
诗也是被我耍了

我捉出耳朵里瘦瘦的鸟
把它放在雪地上

天亮前
最该得到安慰的是太阳

我自山中来

就让那门永远开着
别把太阳挤疼

一想起木头的事
山矮了，树犯了错误

把网织在梯子上够不到的地方
我知道蜘蛛生活并不易

鸟儿失去天空
与天空失去鸟儿
根本就不是一回事

如果你开心
就把我当成一滴眼泪
含着
如果你不开心
也把我当成一滴眼泪
流了

我是夜的叛徒

我是夜的叛徒
我手把着你的手
看月亮

月亮把我关在一本书里
星星以为我丢了
泪一闪一闪的

月亮尾随
无法和我成行的水
被天空无情占有

我不能为夜辩护
没有酒的颜色
鸟也能为你守口如瓶

春天在我的指尖
被飞向一颗出轨星星的子弹
打个正着

我的沧桑

我是这世上
唯一一个不能原谅自己的人

鱼习惯在星空寻找网
鸟习惯在树林寻找射手

我用半粒纽扣
锁住一个人的冬天

我头发上的沧桑
是沾上了故乡的月色

努力的理由

我的年龄
已经四面漏风

在这个冬天
为了再看一眼春天
我努力地活着

马背上坐着月光
骑马的人不知去向

我想用自己银色的头发
系牢一艘即将离岸的小船

人生如笔

土地站着
我躺下

想起眼泪
我就开始同情大海

人生如铅笔
只是够写一个短篇

我是一个知恩图报的人
请对我好点

这分明是个可以抖擞的冬天

我在枯叶上躺下
谢谢这可以让我抖擞的冬天

爱情如水
逝过穿上婚纱的小巷

我无法改变雪的颜色
却总能改变自己的重量

这个冬天月光多情
雪可有可无

如果你怕冷
就让我把冬天偷走

这个冬天不只是结尾
也是刚刚好的开始

雪并不是鸟

在雨天你的眼里
我只不过是雨的一部分
你仅需一把纸做的伞
我便落荒而逃

眼泪是要流出来的
眼泪一定是要流出来的
而一离开眼睛
就不叫眼泪了

雪喜欢在我的头顶筑巢
可雪并不是鸟
还有雪一开始也并不知道
我的头顶已筑不了巢

我骄傲的来处

我要对你说
做一个善良的人吧
善者无敌

今天的苦难
是我明天的骄傲

你有今天的高贵
我有明天的平凡

告诉自己
我行的
我一定能行

永远不要忘了太阳的暖
月亮的光
但我会很快忘记
你留给我难以突围的黑暗

我在想

我要如何去做
才能把太阳私带回家

是不是我在土地里深深的呼吸
一朵云才找不到回家的门

是不是我还要等
梯子老得爬不上屋顶

是不是只要把去远方的路
树长起来，我就可以远离土地

是不是认识的李白不够多
我和乌鸦才如此黑

今晚我们不说辽阔

我不很傻
有时甚至还会写几句歪诗

我关上呆滞的窗
别以为我是在拒绝明早的太阳

今晚我们不说辽阔
只说一滴眼泪的往事

我总爱把明天放在身后
把昨天放在前头

月下坐定
有多少尘缘夜莺般惊起

我视风为朋友

一个弱智的诗人
在老去的路上，只有风陪伴

我拦下蛮横无理的风
想问个究竟

风追你八百里
我追你八百零八里

傍晚湖面毫无矜持的涟漪
是被我按倒的风

我还想向风弱弱地问一句
我身上还有值钱的东西吗

这个冬天的高度
刚刚够我站起身来

冬天是物质的

等我突然想起山坡上的月亮
天上已到处是奔跑的小羊

我把冬天的物质装进口袋
把颜色交给镜子

两株相对无言的树
足以说明冬天
何必再需要雪来表白

感谢土地

感谢土地
最终只有它不会将我嫌弃

我躺下
与雪保持距离

雪下着下着就哭了
这让我觉得十分自卑

我比花喧哗
比叶安静

我的忧伤是一座宽大的老屋
活在黑夜里

我发誓
一定拒绝被一根稻草救起

阳光、村庄和人

夜的隔壁是灯光
我的隔壁空着

海有一脸的无辜
我有满腹的委屈

阳光会错过某个村庄的某个部分
或者那个部分的某个人

在雪地里行走

所有的野兽都身中利箭
唯有我背着阳光在雪地上行走

阳光眯起眼睛
想看清我的真实

风被鞭子赶进羊圈
羊在奔跑，羊毛飞扬

冬天又让老屋
矮了一截

让我活得自私点

忘记爱
必须把自己先忘记

活着，我就一定要幸福

雪的厚度
只有用我的爱才能尺量

在花开的路上
让我活得自私点

太阳路过挤满雪的门口
我挽留的理由很苍白

今天我丧失喝醉的机会
你必须向我道歉

我和麻雀说了不该说的

我的善良，只说给月亮听
月亮却告诉风你很美

雪是可以入药的
饱含热泪的人啊
是我说了不该说的

看到直不起腰的炊烟
想起了妈妈
夜就有了更充分的黑的理由

我没有借口不好好活着
为了回报曾经的苦难
赐予我的恩情

冬天的风抽走我的骨头
把云和水吹得很软
人间只是一只纸鸢

某日我撞到了家乡的翅膀

瓦片碎了一地
人间，星星再也无处玩耍

在家乡的清晨醒来
我以为被上天贬下凡尘

突然发现，爱可以很温柔
也可以很善良

真是个好日子，适合爱上田野
爱上阳光，可不适合爱你和鱼

在这里，我们语言与服装都可以简约
你甚至可以抚触自己婴儿般的身体

某日，我撞到了家乡来的翅膀
溅了一身的说土话的羽毛

希望我的诗是钥匙

我把海藏进一滴水里

今天，我在森林里
放生了一只鱼

我希望在我的诗里
你能找到回家的钥匙

请别睡去，我也怕黑

我闭上眼睛
拒绝天空的邀请

剖开种子，你会发现
种子的前生也是种子

关于忧郁的瞬间
我必须向向日葵道歉

黑夜对灯说，请别睡去
我也很怕黑

路灯弱弱地告诉我，别离开我
否则你连影子都找不到

请放过我吧，太阳

请放过那手握冷风的人
他的嗓子里一定有暖暖的歌声

落在地上的太阳是鲜活的
我不该与向日葵争宠

被形容过的窗
有人间唯一的自由
唯一的太阳

地上的种子啊
活着是多么的艰辛与不幸

雨鞭笞着太阳，我的心
一半开始腐朽，一半开始发芽

太阳背后的一些事

梦呢？梦啊
且等我睡去，且等我醒来

好久没见着太阳了
我堕落，也要见上太阳最后一面

你要告诉明天的太阳
只要你敢来，我就敢活着

我和太阳的性格

你总会有不在的理由
证明自己的存在

我不会这么轻易服输的
负隅顽抗是我与太阳共有的性格

我这一辈子再怎么走
出门总是比进门多一次

我不停地拭擦厚厚的镜片
希望把世界擦得干干净净

一片有心思的落叶
其实比太阳重不了多少

雪是人间的一部分

雪是人间的一部分
只是比较健忘

要让灯一直亮着
我假装一夜未睡

风俯下身体
替草丛里的骨头讲好话

空出自己的位置
让这冬天的太阳躺一躺

最该安抚的是天空

除了眼睛我无法去安抚
今天最该安抚的是天空

把羊群赶到天上
让天空不堪重负

有时候真适合大喊一声
比如你踩痛了别人

最后，你肯定会和我一样
在桥上看一回水，也让鱼看你最后一回

我很忙，忙到只剩下自己

学会感谢自己

把脚挤进小三码的鞋子里
让雪觉得我已不在人间

如果你用十分爱我
我会用万分感谢自己

我是一把已经用钝的刀
只是现在还被人握着

夜兵分两路
一路去叫醒门前一池鱼
一路去催眠屋后一只鸟

平静中的心情

在月亮里
我捞出白天丢失的自己

给自己一把足够大的火
把这个寒冷的夜烧得只剩黑

有风吹来的时候
我和树叶总是一起捺不住激动

一首诗的形成

太阳抹黑我
我怎么能赢过自己的头发呢

我对太阳来说
不！应该是太阳对我来说

重新回到水里
我也不可能是鱼

阳光矮了三分后
我在人迹罕至的地方闪亮登场

你借我的手为他摘下玫瑰
有些痛，不会一针见血

我很拗
可爱比我更拗

找一个合适的词太难

所有的声音都站起来
我要怎么去赞美你呢？姐姐

夜张开身子
我缺少一盏灯

众人高歌，我是某个人眼角
一滴不敢哭出来的眼泪

天上无人，人间无人
所有的人都在赶往天堂的路上

找一个合适的词太难
我必须回到五千年前重新来过

有时醉不需理由

且听窗外风在呻吟，雨在哭泣
且停我手中的笔，且停，且停

我原谅所有年轻的日子
因为日子允许我慢慢老去

我把酒灌醉
让杯子与月亮忽略我

努力活着的缘由

我一直都很努力活着并做事
只是想做一个自己喜欢的人

水与火相遇纯属意外
我只能算是好事者，而不是肇事者

月亮把我的鞋弄丢了
今晚它绝对不敢来见我

在天空
我摸到鱼
滴血的嘴唇

在水里
我摸到月亮
精瘦的脊梁

我的呼吸为什么如此微弱

我有一万个嫌弃自己的理由
但肯定无关用什么来祭奠爱情

我在寒风中的一片树叶上
摸到自己微弱的呼吸

点一盏灯
为自己的影子指路

爱的语言是散落的星子
汇集一起却是一把锋利的刀子

我是一个不停奔跑的人
只是有时太阳也会有阴影

定义

我决不吝啬我的痛苦

所有热衷爱情的人
都在后背藏着一对锋利的翅膀

黑夜的镜子
黑色的光

尽管每天都有这么多人走过
我却找不到一个自己

血是红色的
黑色的也并非不是血

一生总有些至死也不会明白的事

从山顶往山下看
我突然有了奇怪的想法
既然我不可能像翅膀一样轻盈
但是不是可以像滚石一样沉重

有些花开的时间长了
看着看着
就觉得有些多余了
而有些花开的时间很短
短得甚至来不及看上一眼
这些花，我觉得也是多余的

当我关上门的时候
突然发觉自己
不知是被囚禁了
还是被拒之于门外了

其实我并没屈服

我是屈服于命运的麦子
嘴唇藏在粮仓

打开门窗
我把接近春天的冬天放进来

海水向我点头
我挺直酸疼的膝盖

老马落下一滴泪在刀上
映照着一个美好的少女

此刻，我看见绿叶间成熟的桃子
多像我十八岁姐姐的颜色

我勉强活到今天的原因

我勉强活到今天的原因
只是为了看看明天的样子

阳光在体内揭竿而起
雨真的停了吗

叫醒内心沉睡的痛
给自己找吸一支烟的理由

我一次不经意的低头
躲开一次看似躲不开的颓废

做一颗子弹吧
在热烈而眩晕中幸福地死去

冷是有颜色的

冷是有深度的
冷不是黑色或者红色
但我知道
它一定是有颜色的

在一面镜子里
我醒着
因为在我的旁边
有一个深不见底的夜
在睡着

我在马背上
想象马的样子

我为大家祈祷

今天的日子很通透
所有的雪将被暂时遗忘

请为我祈祷
我已在船上

面对这意料之中的冬天
我想对你说
你是幸运的
有这么多人想拥抱你
而我的路过
纯属意外

故乡，一眨眼就到了

我只是睡了一会
就到故乡转了一圈
去故乡的路并不是很远
也就八百里
其实一眨眼就到了

我应该无愧于白天
因为我只字也没写
一张白纸比天空还白

我用我的痛
擦亮整个夜晚

做一只被月色敲打的木鱼吧

我不知道如何去面对
这误入人间的闪电

做一只被月色敲打的木鱼吧
既然我已回不去水里

从后背摸出几粒盐
我知道海刚来过

风是在寒冷的时候
爱上我的

请敬畏自己的生命

请允许我在地球上走一圈
请允许我拥有昨天、今天和明天

我敬畏十字路口的红灯
就像敬畏自己的生命

我叫醒渡口的一支竹篙
让它帮我找到船

我用放下一把刀的姿势
让月亮升起来

我的死并不能说明什么
但我知道另一地方希望我好好活着

我并不悲观

风除了人间
也就无处可去

你心中有我
我心中有善

我走出森林
接受太阳的审判

在天我愿为蝼蚁
在地我愿为麻雀

我不能选择生活
那么就让生活来选择我

我还活着

我倒掉你喝剩的
咖啡里的
自己

我划亮火柴
把一潭死水
点燃

我停下
掏尽鞋子里的石子
继续出发

我在想如何让一片落叶
重回枝头
可你并不那么想

我活着
总是要弄出点动静
比如呼吸
比如恋爱

思念如牢

我把月亮
安在天花板上
白天熄灭
夜晚拧亮

深夜，有月
我把锁住海的缆绳
悄悄解开

我给自己的情感
造一个坚固的牢笼
春天啊
我有一如既往的雪的品质

请对着镜子里
那个憔悴的人说
我爱你

你有美丽的外衣
我有镜子

我念的是乡愁

在充满了爱情
与阳光的城市里
我穿着厚重的雨衣
在等失恋后的雨

一层层加厚的雪
掩埋了我
藏在行囊里
已经皱巴巴的
吴侬软语

老路
即使现在
路上只有几只蚂蚁在走
那也还是路

我们都是不真实的

一只绝望的鱼
向网询问我的去向

我们都是不真实的
包括从圣经里搬出的那把
礼拜天的椅子

揭下一块没有月亮的星空
装饰我做梦的地方

窗外，是片横卧的土地
土地底是我
正在新建的新房

树丫上那片仅剩的叶子
像鸟儿
树丫上那只唯一的鸟儿
像叶子

如果你一定要遗弃我

重新回到草原
我归还罪恶

我诞生在一只
盛满了白云的杯子里

给草原一群羊
给羊一把刀
给刀一滴我的血

如果你一定要遗弃我
那就让我忘了草原

说到格桑花
我准备好盔甲

月光下，草原有无限
接近天空的颜色
天空有无限接近我的忧郁

我们都是太阳的宠儿

给你一片刚播种的麦田
这是我唯一的聘礼

那晚，天除了黑一无所有
是我揭下身上的伤疤
贴在天空当月亮

证据就是
在刀的豁口处
还留下你来不及销毁的
半点温情
半朵玫瑰

所有被囚禁的花
和看押花的我
都是太阳的宠儿

孤独时
我放出镜子里的自己
陪我聊上几句

无我或有我

翅膀被风收藏
乌鸦也是鸟
是唯一自由的鸟儿

我不依恋王位
可只要你在
我便不会早早退场

没有神兽
没有菩萨
没有我

我想对留守在家乡的
那缕炊烟说
歇歇吧，山岗上的那少年已经长大

欠下的，总是要还的

每一滴眼泪
都必须注明出处

如果你是火
希望我便是那个纵火者

在诗里造一座小小的庙
我要在这里修行

白天的天空
梦就更加荒芜

把夜赶进弄堂
给月亮腾块空地
我要在河中清洗星星

我不恨你

你是强盗
我不恨你

黑夜是我的壳
月亮是逃脱魔爪的鱼

梦醒后
我为你吹熄最后一颗星星

一杯烈酒在鲜花中
清醒过来

剩下石头的天空
挤满花朵流下的泪水

放心去睡吧

我不在的时候
请为我拭去泪渍

如果红尘一尘不染
我决不会来到这个人间

放心睡会儿吧
这大草原的上空
有这么多星星为你站岗

火是爱情的前身
木头是我的后世

小草挺直细腰
努力举着西去的太阳

时光时光，歇歇吧

我敲响月光的手指
被故乡的一只老黄狗
叼走

这满院子的阳光不是我的
几只蝴蝶正翻墙而去

阳光只落下一半
还有另一半
正赶去北方赏雪的路上

和羊群走在一起
总有种把鞭子交给羊
自己跑到最前面去的冲动

风帮我吹醒竹笛
因为我的唇已听见
你的脚步越来越近

我的歌声里

雨后的月亮
把我的影子扶上墙
我的歌声里
从乌鸦的嗓子里飞出

马的命运是悲惨的
比马更悲惨的
是被马蹄踩进土里的日子

我没办法读懂雪的心情
我只有把你交给明天

我烧毁春天的家园
跟着冬天去流浪

今晚，我假装在草原上

我披上白色的袍子
让月亮自卑到心生退意

草原一言不发
风跪在温暖的帐篷外
听候我的差遣

发出银色声音的杯子
内容被洗劫一空
躯壳借给靠近羊群的人

我趴在草原上
月光像要洗白一只
被污染过的小羊

格桑花用藏语
哀叹一声
月亮落下一滴
江南女子，柔情的眼泪

我抱着自己

我抱着月亮走过白天
我抱着太阳走过夜晚
我在白天与夜晚的缝隙
抱起自己

你的唇有了向日葵的味道
酒便开始向我哭诉
说情人的胸口藏着一把刀

桃花灼灼
在我废弃的日子里
诗人被救赎
诗死去

写诗的旅人
在异乡的马厩里
把月亮当干粮

村庄的苦难没有错

我安抚一座山的睡眠
梳理好它凌乱的头发
催眠曲中，一只蜘蛛醒了

夜晚的男人是幸福的
夜晚的女人是幸福的
夜晚的鱼儿幸福地乘上
正在涉水去对岸的
幸福的月亮船

我不知如何感谢拐杖
我的自由都是它赐予我的
我感谢所有的一草一木

人民没有错
牛羊没有错
村庄曾经的
与将来的苦难没有错

说不尽的乡愁

说白了
都是雪的事

我突然想哭
因为今天我还来不及想你

水牵着水
山握着山
一艘乡愁
驶进小巷

把黑暗打开
我要回到最原始
回到最原始的自由

我怀揣故乡
做一个自私的人

我也有初恋

大海倾倒
可谁能告诉我
一滴雨的来历

阳光透明
我黑暗
所以我总扶着墙

我知道古董的价值
现在，我拿出深埋的初恋
看看是否已经很值钱

都深夜两点了
我喜欢的女演员
还没有出场

请别叫醒我的今夜

爱不急
慢慢来
夜莺还没调好音

请别叫醒我的今夜
今夜我要去叫醒
那个为我铸造王冠的人

我的额头已贴了二维码
你扫一扫
就可以把我领走

如果叫我猜
那么我猜这个冬天
肯定无雪

我为什么微笑

今天
我有一筐水一样的微笑

我不左不右
我即左即右
对着故乡
我只有心怀敬畏

鱼放好诱饵
在等待一个说着土话的
外乡人上钩

在火里
我知道错了

请给我一支莲花

今晚的月亮
一个陌生的面孔
我喊不出自己的名字

一只猫
再加一个人
染黑一整夜

风之下
波之上
是我的爱情

请给我一支莲
让我在下一个路口
健康地活着

听说下雪了

星星很近
天堂很美好
我把枪口朝下
告诉夜行人
此处危险

喜欢温暖
喜欢这种让人
活不下去的温暖

鱼群出现
鹰仰望着蓝天
肃然起敬

听说下雪了
我告诉我的亲人们
我的亲人们的亲人
告诉我说
听说下雪了
你知道吗

给我一个冬天

在阳光里
我在沉沦的镜子里
越陷越深

我的宁静
不会屈服于
水的沉默

一个秋天
在我的眼里仅剩下
两片叶子的迷茫

我最胆大的想法
是希望经过一片墓地时
突然有人叫出我的小名

给我一个有雪的冬天
我就能孕育出
十个诗人与九个春天

我们没有罪恶

马
太阳
水壶
我准备穿越
一片即将消失的沙漠

佛珠
莲花
我们拥有一池碧水
我们没有罪恶

土地啊
我已奉了神的旨意
爱上你
我便以身相许

一片叶
一叶窗
一个人

诗里生活

落叶越来越厚
日子越来越薄

在一首诗里纳凉
在另一首诗里避雨

推倒墙
我用绵绵的雨丝
弹琴

天地万物都是诗人的亲人

爱情就是拐一个弯
又拐一个弯
再回到原来的地方

如果你是鱼
那我是船上
唯一一个看风景的人

如果这两天我不在

如果这两天我不在
我一定是去了北方
在给雪送请柬

此刻，水收获了月光
我收获了水
太阳摔倒在遥远的沙漠

在黄昏的墙壁上
我听见一声苍老的咳嗽
与一声钥匙的叹息

在阳光下
我看清了你
也让你看清我

在你的体内
我钩起一条
醉醺醺的鱼

月亮啊！你偏心了吗

是提着灯的一群人
把夜点黑

爬上麦尖
日子已精瘦如柴

我把月亮终于吹得又大又圆
你却悄悄从背后摸出一枚针

有了安慰，有了草原
我要放弃疾驰而来的王冠
让月亮住在我身旁
或者让我住在月亮的身旁

月亮啊
你为何要偏心

给我一只空杯吧
今晚的月亮
如酒一样多余

我活着死去都有自己的方式

我从酒杯里爬出来
天空很空，星星被盗
只有一地破碎的灯光

浮云在上
浮生在下
我放在马背上的酒啊
可曾烈了

我将以自己的方式
幸福地死去
痛苦地活过来

我高举太阳
暗藏粮食
放任一片云的轻浮
不堪重负

我不再试图说服自己

河床干涸
一根鱼刺
穿过窗棂，穿过日子

一匹马绝尘离去
我的耳朵被踩得生疼

每盏亮起的灯里
都住着一个上天的儿子

我不再试图说服自己
那个句号已经圆满
省略号被马牵走

我问每个路过的人
能告诉我去我家的路吗

阳光推倒一堵墙
把我的眼睛埋了起来

我躺在墓穴里
听到有个路过的人
在自言自语

深秋枝头的落叶
我的身体

在太阳与月亮的合围下
我找到一条
它们从未发现的小巷

交出一朵香艳
风中，有你离去的
影子

我有一堵文字砌的墙

文字堆砌的墙
我在乡的旁边，心的上面
找到了秋

在青石板上的一朵花里
我把人类当成了上帝

爱上你，是我
在怜悯
看着床前明月光的自己

红透的枫叶，寒鸦的翅膀
还给远方的天空，一粒沙
填平大海

竹篱笆上的牵牛花开得正旺
我潜入花茎的最低处
说服自己

爱的权力

爱你，是谁给了我
这么大的权力

金黄的黄昏
那截挡着我去路的木头
让你
遥不可及

我已经抵达
留下
便成了累赘

站在美丽的面前

让自己站在美丽的面前
去欣赏美丽，否则
我会讨厌自己

从山上下来的老树
面对熊熊燃烧的炉火
并无惧色

一片不被人注视的云
对干涸的河床说
总有一天我会给你奔腾
给你清白

黑夜是巨大的布袋
装着金子
装着神的名字

爱之前

爱之前
别抬头看上天
还是低下头来
问一问自己

我曾梦见，下辈子出生在一个孤岛
许多年后
海面上漂来一叶扁舟
现在依然没有想起
是否已留下你

如果雨是天空的忧郁
那么晴天
我也高兴不起来

日记

别以为拥有了宝剑
就能征服全世界
有时，它往往会拿主人的脖子
先试试是否已经锋利

能活过今天
刚刚好
能够活过明天
我就赚啦

我收录了草原
让苍鹰离开

既然早上上天让我醒来
上天啊
那么今天就让我
好好地活

在朦胧的黄昏
我体验了一次死亡

但我依然记得
你早晨和我说的那句话
晚上给你做好吃的

用脚步丈量生命
时间并不重要
重要的是鞋子

用一张白纸的理性
去忘记一场雪

哦，不是忘记
是感化

今天新娘真美

今天新娘真美
因为，她是新娘

如果爱你
那就是爱你
如果恨你
那也是因为爱你

允许自己爱一个人
允许自己恨一个人
也允许一只鸟
在飞临我的时候
突然拐弯

原谅我的无理
原谅我闯进你的院子
原谅我坐在院子里休息喝酒
原谅我酒后说了真话
还要原谅我临走时
摘了一朵鲜花

我不争辩

如果我是你脱口而出的
那支歌
我便拥有了爱情

因为一个人
我爱上一座城

爱你
我只用三百六十五天

让生活冷下来
让爱情燃烧吧

活着，我用尽全力
爱着，我全心全意

有时，眼泪可以解渴

爱上鱼吧

爱上鱼吧
是它的示范
人类才能懂得吻

如果在船靠岸时
我还睡着
那请别叫醒我

星星是夜黑过的证据
我的灵魂漏了

选一双合脚的鞋出发
与选一个人认真地恋爱
是一样的道理

在语言匮乏的时候
我把眼睛放进
你面前的酒杯里

在下一首歌里

你能否不再将我放置在
副歌部分

月亮下，什么都消失
只有那空空的酒杯
唱着寂寞

这墓地也黑了下来
除非墓外面的人都不想离开
山俯下纤细的腰身
欣赏这满地各色的鲜花

月亮是人类的孩子

月亮是人类的孩子
我是妈妈的孩子

失恋的人
并不感谢爱情

我并不惊讶于阳台上
那盆无意结果
却绿得闪闪发光的葱
有着花一样的高傲
与对爱的冲动

被铁笼囚禁很久的鸟儿
以为被囚禁的
是笼子外面的一切
这世界上
只有自己才是自由的

即使我有翅膀

即使我有双翅膀
能飞上屋顶
我也不会是鸟
最多也只能是不明飞行物
可能会遭到雀鸟的讥讽
甚至子弹的伺候

那天我背着月亮下山
后来起风了
天上有片闲云
好像一碰就会落下
一地的寂寞

忘了我
你是需要一把扫帚
还是一块橡皮

钥匙是防身的利器

群山沉默
藤蔓趁机向鸟巢靠近

没有年轮的石头
照着水里新旧的面孔

钥匙是防身的利器
我嗅到月亮铁锈的气味

蚂蚁登上河里的一片枯叶
划向海的方向

对一个没食欲的人来说
最委屈的就是食物

镜子里的人抽着烟
我居然闻出是中华牌的味道

相对而论

相对于墙壁
我是沉默的
而相对于鹦鹉
我是多舌的

愿为你的一把伞
可恨老天
总挂着一张太阳的老脸

等到小树叫成了大树
树枝攀上窗台
可惜，我却要走了

别再犹豫
既然秋天已来
牵着风走吧

新诗人之说

诗人说，谢谢你赐给的黑夜
让我摸到自己的疾病
与懦弱

诗人说，祈祷吧
我亲爱的的世界
我亲爱的人
伤害了你
并不是我的错

诗人说，你给了我羊
何必又给我狼
你给了我水
何必又给我火

诗人说，你要星星
我给你手指
你要王位
我给你枷锁

总有一次错误是对的

把手洗干净吧
明天你已经不需要
歌声与这个世界了

我写诗
故我思想
我思想
故我飞翔

不到一支烟的工夫
我改变了对某件事的看法
就像那水没有走多远
一转弯就不见了

我要去睡了
可我的羊群还没归栏
是栏里藏着狼吗

总有一场错误
不够彻底

还有平反的机会

这世界只有流水和土地
才是无悔的

我要住在墙上去了
但我不要相框
我只是一个
被用旧的日子而已

别只留恋院子里的花
院子外有通向山里的小路
沿途有更多比花还要好看的小草

孤独是什么

问，孤独是什么
答，孤独就是与半个月亮
说了一整晚的废话

当宝剑无处安放
那就把留有证据的柄
还给森林
再把饮过血的剑身
还给铁
许多年后不再有人会记得
剑客和剑的模样

是的，是黑夜埋葬了我
是的，是黑夜让月亮长出荒芜

是的，是黑夜挽救了我
黑夜啊
我的生命
我的灯光
我的爱人

走在九月的路上

鸟儿九月的
黑眼圈
不是因为写诗

太阳下跪
站起身来的小草
接受花妃子的
参拜

池塘里的鱼
用眼睛
阻止一场雨
云是懂得感激的

月光下
有人骑着夜色的
毛驴
绕过那道
朦胧的山梁

十月，我拎着一盏灯

十月，我拎着一盏
微笑的灯
去看你

容我，今夜
就寝在你的诗里

钻进我骨头的
不是十月初寒的风
而是你
手里握的玫瑰

月亮冷吗？星星冷吗
用我俩的唇
吸干一片无情的湖水

三月的桃花
出卖了十月的我
是裂开的石头
把真相告诉了你

以雪的方式

抽出蝴蝶的骨头
给我当拐杖
去参加一场夭折的
爱情的葬礼

我以雪的方式
爱你
如果你能给我一个拥抱

夜啊！我什么都给不了你

你说，今晚有雨
我说，你等等
等我找到月亮
就发给你

十月以后的事

这满天的银杏叶子
真美啊
而落在你院里的
那几片
更美

十月还没结束
我暂时还不能还给你清白

放心吧
我总是会比灯
早睡
哪怕只是
三秒

小巷记忆

小巷的记忆
是挂着旧布条的钥匙
让一个佝偻的背影
挺直了腰杆

除了墓碑
我什么都可以给你
我不想你为我背着
这沉重的骂名

请你替我说出
喜欢秋天的理由

只说初恋

海水亲吻我的脚趾
我很想说
平身吧

我在泪水里
打捞月亮

我只想活出风的心情
风的模样

没有树荫
我们轮流躲进
彼此瘦小的影子里
乘凉

我哄睡自己
再悄悄出去
月亮已等了好久

当灯光熄灭

当灯光熄灭
我不禁奢侈地用了
一个"美"字

我用月亮作杯
因为它
最适合忘记

黑暗中，有时
一只小小的蚂蚁
却比人更有正义

我像水
在杯子的外面
听到自己在杯中
破碎的声音

两个无聊的人

深夜
我给一个人打电话

深夜
一个人在我不知道的地方
接我的电话

在一个五星级旅游景点
三百个人在围观我
包括五名警察

我把所有对爱情说过的话
小心卷起来当烟抽

我说着
秋蝉对落叶说过的话
给你听

我以自杀的方式
让我记住自己

也许有些偏激，别对号入座

如果把爱情的水分拧干
我相信，一夜之间
许多花都会死于非命

人世间所有的谎言
都是说给爱情听的
也只有爱情才会相信

世上寿命最长的是爱情
最容易夭折的也是爱情

唯一能让月亮脸红的
是因为它
听了甜言蜜语

人世间是先有谎言
还是先有爱情
我想
应该是先有爱情

红尘有你

你拎着模糊的脚印
沙滩上太阳熄灭
留下盐的空白

刚结痂的伤口
挠了你痒
不挠我痒

爱情离不开谎言
人类离不开爱情
那么，爱吧

秋水无语
舟渡自横
字多余

给自己

刮下鞋子上的泥
就能知道自己
刚刚从什么地方来

找一面宁静的湖
问一问自己的年龄

把自己拆散
寄一半给二十年前的自己
寄一半给二十年后的自己

凌晨三点了
凌晨三点了
凌晨三点了
重要的事只说三遍

我以雪的方式活着

我以雪的方式活着
雪却以我的名义死去

我拨亮一盏灯
让夜活得有尊严

在离爱情最近的地方
是一枚足以
充饥的苦果

在某个时候
我的口袋是安静的
我的脸比口袋还安静

麦子一天一天地黄
我听见镰刀在锈铁里
醒来的声音

关于爱情

爱情
应远离咖啡
因为它并不适合醉

所有的苦难
都装上船
驶向爱情的孤岛

爱情有了血与泪
万木苏醒

收割麦子的镰刀
不宜收割爱情

爱情没有入口
如何进去的
有谁知道

剪一段时光

灯火阑珊
拿什么回报青春

拣一段清影
给年迈的故乡
当拐杖

我无法忽视
那被乌鸦惊扰的夜晚

星空里
我又被谁
偷偷看了一眼

落叶很厚
风很薄

平凡的日子

平凡的日子
我有不在场的证据

这个季节
唯一值得信赖的
恐怕只有爱情与粮食了

拔掉心中长着花的刺
想想还可以种植些什么

阳光懒散
我懒散
诗也懒散

树成为风景之前
是我的朋友
你成为朋友之前
是风景

等待一个表白的季节

能说的都说了
剩下的就是不能说的
表白是雪的事情

枯叶落尽
野兽在洞穴集合
人间开始重复
早已经不是秘密的陷阱

在花园里
一双举过头顶的手
在假装孤单

抽掉上屋顶的梯子
天空低了
土地正在失去意义

一只搁浅的小船
忘了吧
海鸟的誓言

在人间

一只蝴蝶想上天堂
另一只蝴蝶想下地狱
可我偏偏爱待在人间
只是有些时候
我也并不喜欢和太阳
在一起

窗外并没有风
风来自于身体的某个部位
来自于太阳的无奈
与熄灭

遇见你并不奇怪
爱上你并不奇怪
你的离开也并不奇怪
就像落在我面前的叶子
它一定是认错了人

与季节无关的事

声音升起
鸟儿降落

我举鞭子
石头逃离我的视线

在林间，我抬起头
看见天空长满了树叶
两只蚂蚁在飞翔

当桃花说出自己的名字
李花脸吓得雪白

我从屋顶下来
一只猫逃过一劫

阳光下应该没有罪恶

我躲进早晨
闹情绪的阳光里
一躲就躲了一整天

我适合在阳光下
找到所有的开关
然后为你写一封
关于南方十一月的书信

天堂凌乱
地狱幽美
可不管是去哪里
我都该洗净风尘
也许还该照着太阳
刮一刮胡子

在阳光里
我找到灰尘
在灰尘里
我找到自己

我抱马入怀

我抱马入怀
快速穿过一片草原

把自己放进一首诗里
让墨水检验我的清白

窗外太吵了
是窗帘上的那片海
该涨潮了

把三月的花
放在十一月开
这不过是我个人的想法

我归还了海
把船挂在太阳上

回头无岸

想你的日子
我省略了月亮

雪的纯洁不远
麻雀的忧愁不远
爱情的死亡不远

前面是石头的重生
一只海鸟回头无岸

那支好听的歌
是毒玫瑰的主题曲
颜色鲜艳

披件外衣出去
看看月亮
还有什么话可以狡辩

我所担心的

一个曾经爱过的名字
在醉后的嘴里
复活

窗外，冬风已起
有人在发抖的土地里
拔起一枚防御的钉子

口袋里的日子已经不多
腰间抓着钥匙的绳子
渐渐松开了手

一阵大风起
我担心大树上的鸟巢
鸟儿担心树下的我

我多想，我是你
每天要用却又记不住的一个字
这样就会每天与你相遇在辞海里

阳光的忧郁

在晨曦里
有黄昏时留下的
灯的沉默

梦里的衣服鼓满了风
我解开纽扣
放出一群鸟儿的初飞

把一棵大树放倒
和我一起躺下的
是阳光的忧郁

大海只给我
一个浅浅的吻
我却深深地拥抱鱼

以爱的名义（一句诗）

一生只为一个人微笑

努力走完三百六十五天

兰舟催发，月亮搁浅

山路弯曲，星子璀璨

站在深秋的银杏树下

把蚊子拍死在未着墨的纸上

打开诗集，挽起新娘

浪袭来，是谁拒绝上岸

左手玫瑰，右手匕首

爱是鞋子里面的一只脚

爱是干渴时
杯底仅剩的一滴水
爱是留在杯沿
沾着咖啡的唇印
爱是鞋子里面的一只脚
是脚上一个
咬紧牙关的血泡

我不是为谁来人世的
我不会留得太久
等看够了风景
我就会走

我的沉默是无聊透顶的
我的沉默毫无意义
我的沉默不过是
沉入你眼底的
一粒石子

人生啊！啊！人生

我突然有了迷茫
那镜子里的人
与发黄了的影集里的人
究竟谁是谁的赝品

几滴欢快的雨水
落在我的额头
它们一定是以为
终于找回了
弯曲的狭长的小河

雾从山上下来
水从山下搬上了山
只有一个站在半坡上的人
一动不动

误入城市的麻雀
惊恐地发现
这里是稻草人的
天堂

沉默

诗意？
天意？

神像坐得再高
也是人抬上去的

那些绕着池塘
等花开的人并不重要
因为那都是我的影子

我要对小草说
你活你的
我死我的
就是别挡住阳光

原来爸爸也会骗人

爸爸说种瓜得瓜，种豆得豆
我信了
可如今我已把他种下多年了

原来爸爸也会骗人

乘上垃圾车的一片落叶
不知道会被火葬抑或土埋
拉车的老伯步履蹒跚
仿佛是拉着自己一样

离开时间久的人不是远了
而是近了

我现在就要回到我出生的地方
那里有我的啼哭、纯洁、黑夜与白天

你真的不必找我了

你在月光下
我的太阳，我的马

你真的不必找我了
别浪费一支蜡烛的生命

你是一条悬着的河
上帝穿着花蝴蝶的衣裳

一扇窗
撒开捕捉太阳的网

趁着夜深人静
我想好好问一下自己的爱
你过得好吗

一张纸很苍老
日子很年轻

我只适合给太阳当模特

美是挣扎的黑
黑是安静的美

如果你真心来看我
希望你不要乘我活着的时候

我从来不感谢自己
更感谢的是刀子、毒药、黑暗与流言

闭上你的眼睛吧
让我不要再见到你

太阳啊！情人啊
我已不再适合活着

我靠近颓败的墙
给太阳做模特

第六种感觉

第六种预感
第七种沉默

在墙上哭的壁虎
以为自己丢了

在战场上回来
我只带回一粒懂我心的子弹

打不倒一辆坦克
所以我总是跟在它的后面

天空被惹怒
大海却很淑女

落光叶子的树
沉默了

噩梦

幸好
天一亮
就散场了

这个世界不缺少春天、爱情
却缺少死亡

诗人的王冠
眼泪早已锈迹斑斑

黑夜，盲人把手杖
送给我

我们不准备留下遗言
是不想给太阳和爱情
留下任何遗憾

在太阳的尽头
黑暗的眼泪
渐渐苍白

河水已死

河水已死
河床还活着
石缝中一丛干渴的茅草
在回忆老牛的嘴唇

沸腾的天空
有一群鱼在仓皇逃窜
一群忠实的粉丝
在穷追不舍

海一翻身
露出蓝色的伤痕

父亲一低头
让一缕清风
吹在母亲身上

眼泪只能在暗处擦干

最是伤心处
应该把眼睛和手一起
装进口袋

你孤独的影
是用沙子堆砌成的城堡
风一吹
就散

有些时候
眼泪
是最虚伪的表演

把自己捏碎
肢解
关押
埋葬

你有忧伤吗
如果有

我有酒

说起一根辫子
你会想到什么
但说起一枚钉子
你肯定会想到拆迁

今夜
我要放出体内
所有的光
搬离三百零六块骨头
让自己适应黑暗

倾听

天上的云还很多
雨却真的停了
我和一片水草
在倾听
一个蓝色的声音

雨过天晴
一滴躺在树叶上
摇晃的雨
还以为
已经到了大海

找个不说假话的人
说说真话
那片海真的老了吗
为何风一吹
便满头白发

我奋不顾身的理由

黑暗是从白色的口袋里
赚来的一滴血

从庙里出来
我发誓要做一截慈悲的木头

国王的女儿
我是你的父亲

我用最后一张白纸
引渡自己

在一条似曾相识的地上
我抬着自己的病床

在黑暗中，你摸出一根
白色的肋骨当拐杖

用一百年的时间
我只不愿错过一个夜晚

我怀抱着你
奋不顾身

我是谁
你说了算

在赤裸的草原上

在赤裸的草原上
我用马的嘴唇扎紧裤管

落叶、流星
被海盗逼上岸的爱情

九月啊！十月
我怎么就分不清你们的性别

经幡飘起
一群善良的少女在跳舞

原谅我，女人、河水和月亮
我已无力偿还你们的善良

太阳在玩弄我
我却认真饲养着它的子女

南风好啊
北风错在哪里

我欠黎明一次死亡

黎明啊！你欠我一个忠诚
我欠你一次死亡

拆掉那堵墙吧
我不想让自己笑得那么虚伪那么累

我只在自己赤裸的身上
寻找犯罪的证据

你赢了，赢在你的手心
握着我的血的蚊子

所有的雨都是有罪的
它让我一次次抹黑天空

话说悲剧

雪的悲剧
总觉得自己白来了趟人间

麻雀的悲剧
饿了饿死了饿死我了

阳光的悲剧
举起的都是些微不足道的尘

我的悲剧
欲罢不能

我无法抵达的那个黄昏

月亮啊，请你闭一会眼
我已只剩下三秒钟的忧伤

论起酒量
我还不及海的三分之一

我无法抵达的那个黄昏
一朵小白菊开了

太阳啊！你为何情愿跪在尘埃面前
却让我在你面前躺下

我已做好嫁给土地的准备
种下的石头，是我的嫁妆

所有爱我的人啊
是否该先爱上我的灵床

此时，我们背靠着背
脚下是即幸福又痛苦的草原

我褪去月亮的颜色
骄傲地举起酒杯，我的新娘

你要我去赞美雨吗
那谁为你举起那柄花雨伞

为昨天的爱情举行丧礼吧
玫瑰与星星不是死于一场战乱

所有麦子都游在海里

我把所有的土地都已打扫干净
太阳高挂，太平洋上空一尘不染

所有麦子都游在海里
所有鱼儿都种在地里

我把所有的情话都寄于河水
可水走到半路全忘了

九月以后
总习惯在大地上收割
比如那坟墓上的草
抑或是草底下的坟墓

因为他不知道
坟墓里住着的是谁

譬如生活

日子从树梢滑下来
从明天起
我要给它补钙

生活
一如我吃过多个品牌的盐

我把所有的罪都认下来
让摸了小芹辫子的二狗蛋
继续去摸小花的小美的辫子
我要努力做个好孩子

我没有理由讨厌自己
因为我从来就没有爱过自己

我偷偷地活着

我偷偷地活着
不顾一切
从一千只酒杯里寻找你

所有的果园都已复活
两只浮肿的眼睛
开始怀孕

鸟可以飞过我的头顶
可天空不行

透明的东西一定是锻打出来的
一次，二次，三次
就像这透明得如月亮的眼泪
就像这原本是用来盛
眼泪的玻璃杯

都是诗的错

风找到我后颈的入口
我手中的止疼药已经失效

我的爱是自愿给你的
不用打欠条

一生中，我躲过一次荒芜
二次死亡

漫山的叶红了
我只爱一枚

我们相爱吧
大海已暗生青苔

夜幕下，所有灵魂倾巢而出
我乘机归还锄头、老牛和土地

让我来告诉你
水的无奈

我躺在临窗的床上
借月光的刃肢解自己

蝉的叫声越凄凉
我似乎就越接近雪的真理

花开腻了，就换一种花开
风吹厌了，就换一季风吹
那爱久了呢

我伟大而崇高的事业
就是把父亲背到山上

中秋节，你醉过吗

中秋节，你醉过吗
我没醉
醉的是镜子里
那长得像我
还学着我想把月亮吐出来的
那个家伙

蓝天在下
莲池在上
摇着月亮
我居中央

去了趟老家
发现自己胖了一些
可这十五的月亮啊
你却为谁
瘦了一圈又一圈

在黑暗中我捧着自己
逐渐粗糙的名字在奔跑

像一场意外大火奔跑
像一列出轨的火车一样奔跑

去世多年的父亲
点燃一支香烟
空中又多了颗
等待命名的星星

我必须支起炉火
为了这拱上天的月亮
以及月亮后面的日子
以及日子里
我的脊梁

花是什么

深夜，我悄悄潜入
你的梦，偷回一片草原

故乡放出守着老房子的大黄狗
狠狠地咬了我一口
我捂着伤口
不敢喊疼

鸟站在伞上面唱歌
一堵墙挡住我的去路
还好
太阳向我抛来媚眼

花是什么
是寒冷
是温暖
是诞生
是死亡

下一秒发生的事

在水中
我遇见我的娘

你手持镰刀
不一定有麦子
但也许有爱情

船离岸
孤独是一失望的筐
装着一筐的失望

每副笑脸上
都有准备出发的三匹马
一匹坐着新娘
一匹坐着新郎
一匹坐着嫁妆

码头旧时光

一片落叶
从码头出发
月亮坐上了它
到达彼岸

石阶、蒿草
小船、木桨和小雨
还有一首
淋湿了的诗

离岸的船上
雨落在一个人的身上
雨落在甲板上
岸上的另一个人
为她撑开
一把伞

我是丢失家乡的小鱼
两边都是岸
岸上都是月亮

窗外

我在春天喝下一湖水
就是想为你抵挡住
太阳亮出的宝剑

在石头上种下太阳
因为我知道这块无用的石头
前身是一朵中途夭折的向日葵

把太阳装在镜子里的人
总以为自己
能够溜到它的后面

这深夜
我只有一个念头
就是拜托自己早点睡

让我抱着你
我想让零下十二度的温度
变成十二度

某日某人的醉言

白天
我替夜活着
晚上
我说了一壶梦话
第二天
你从我嘴里掏出的
只有一个形容词

比起稻草人
我更像是一个人

月光很软
比月光更软的是水
比水更软的是我的心
这可是你说的

如果身边的人很善
我也不会太恶
不信的话
你就善一次试试

说的就是自己

绕过指缝的蛙鸣
其实就是秦时
刺痛我眼睛的那个月亮

拽下月亮
挂在胸前
是我爱你的证据

藏在相框里我的十八岁
已经不很清晰了

窗外月亮虽然来得迟了点
但比昨晚的更亮了一些
也更圆一些

书里的少年
在写青春懵懂的诗
我关上灯
让他摸不到下一句

我挺起花的骨骼
薅下最后一根刺眼的黑头发
竟一时想不起
当年我好奇地拔下
第一根白头发时的心情

针尖亲过指尖
我不喊疼
就让它像落满雪的墙头上
一朵梅花
开着

在屋后的林间
是小鸟的一声咳嗽
让我找到了自己的位置

八月的蝉
解开缠在嗓子上的纱布
一滴血的颜色亮了一个夏季

关于爱情的话题

四周都是墙
只有一些水流的声音
翻墙远去

依次长大的光
像深夜女人被复制过的眼睛
带着倒刺

一串鱼依旧游来游去
有被刺痛过的旧伤
比光更亮

我写下一句微笑的爱
花就开了

我写下一句哭泣的爱
雨就下来了

所以，我对关于爱情的话题
基本保持沉默

倾听

天上的云还很多
雨却真的停了
我和一片水草
在倾听
一个蓝色的声音

雨过天晴
一滴躺在树叶上
摇晃的雨
还以为
已经到了大海

找个不说假话的人
说说真话
那片海真的老了吗
为何风一吹
便满头白发

又是一个难耐的夜

刀尖上挂着的血滴
是否像是我此刻饱含的热泪

今生我唯一的宝贵财富
就是一篮用月光与阳光拌成的爱情

笔秃了，我告诉刀
那我的爱走丢了呢

是我倦了还是翅膀倦了
是我举不起笔了还是翅膀厌恶了天空

现在至少我还是富有的
我的指间还夹着半支烟的时间

善的总会遇上莲

我想和你在未开的莲花里
躲避一场与雨的遭遇

提灯的
一定是自己不需要光的人

我要制造一个更大的痛
去安抚或忘记小痛

一支烟的时间
鸟完成了一次拐弯
我结束一次爱情

太阳把一条雨后的街道
塞得满满的

当我已改名换姓

虚构的草原
真实的天空

在小草的细腰上开一扇门
让羊群可以自己出入

诗人啊！请给爱情一件外套
别让她赤裸在眼睛里

悬而未决的事就让它悬着
天空反正也不在乎多一颗星星

你看不到我这就对了
我被一片树叶遮挡了双眼

雨

请你微闭双眼
我会为你下一场
能吻你唇的雨
雨啊
一生的过错……
离合与悲欢……

敲碎的时光里
有一万个月亮婴儿的
眼泪

路过葬着父亲的墓地
我想大哭一场
而父亲是不是比我还想哭

你的心
只需打开狭小的缝隙
我与阳光能挤进去就好

暂时的错乱

我掀开夜黑色的长布衫
找到一个白天的遗憾

别问昨晚那月亮的去处
总在不经意间被轻易挥霍了
余下的时间
我甚至还不够想你

我应该记得
有一个下雨的黄昏
你说把爱还给我
后来
似乎是月亮陪着我哭了
一整晚

我被时间合理了

我每天
都拿
大把的时间
想你
我只有
想你
才会有
大把的时间

我是一个容易感动的人

所有涂着月光的门
都会令我感动

你还好吗
抛弃我的人

只要给我一口水
我就敢想象明天的天空

失去火种的蜡烛啊
你应该很幸福

太阳时刻照着我

我一直服从太阳的旨意
从清明走进暮色

如果我的爱是罪恶
太阳是教唆犯

总有一天
我会牵着阳光去看你

把墙上本属于我的位置
让给太阳，可有人说不

借助一个清朗的天气
大声说出爱

希望明天能见见太阳

我想揭一块
不大不小的太阳
贴在我受伤的地方

总有那么一天
我会比这喋喋不休的雨
更加怀念自己

今夜有雨
我却在雨里
装了一鞋子的月光

太阳下有我
月亮下有我

如果雨是子弹
可惜我并不是猎物

我是一个很念旧的人

如果你是我的明天
我情愿不要今天

我把一片被天空宠着的海
当作你来爱

我是一个很念旧的人
一块妈妈用过的抹布
是我的旗帜

告己书

有人沉湎于死亡
有人热衷于死亡
我只是讨厌活着而已

爱是一场比暴雨更大的雨

我必定会在众说纷纭中老去

每到此时，有一种情绪叫怀念

我在今天的路灯下
寻找昨天的自己

我如何才能找到
通往昨天的一条路

与从你那儿来的风不欢而散
我决定痛恨自己一辈子

停电以后

停电以后
我与路灯一起消失

等我活成你喜欢的样子
再给你爱

蚊子还我以血
我还蚊子以翅膀以天空以生命

无题比有题更有题

灯熄了
我再点上
天空空了，我画一个月亮

对着六月的镜子
我只想找到
落在发际的雪的颜色

你走了
我载回一船
太阳

别再找我了
其实
我就躺在埋葬月亮的墓旁

上天啊
你总该让我
吸完最后一点空气

写诗，趁下雪

雪地里
谁都能分行，谁都是诗人

有些水弄脏了我
也有些水把我洗干净

猎人混迹于人群
成为猎物的猎物

如果没有灯

所有的人都没有黑夜
只有提灯的人才有

那些与痛有关的事情

我要在生命的有效期内
把仅存的爱用得一点不剩

只有某些深深的夜
才能有资格揳入浅浅的痛

在未来的路上等着我的
是一双不合脚的鞋子

说说事儿

爱一次不容易，所以
每次出门前都应该对天空说
请多关照

我拣起摔碎了的眼光
却怎么也拼凑不了
没有见到你时的模样

摘下天空最后的一片云
我向贫瘠的土地
交出自己

如果在白天遇见月亮

如果在白天遇见月亮
我还有什么值得你宽恕的

我刚跨出门槛
就被伺机已久的太阳抓个正着

我们明明后会无期
却偏偏要说去去就回

关于愧疚

对于树
椅子是愧疚的

对于豁了口的刀
树是愧疚的

而我始终对完美的事物
心怀愧疚

就像你拿着半个夏天
去愧疚半个冬天

失望

昨晚的梦
是来得早了点
还是你根本
就没做来的准备

所有的坚强都是假的

把已经不可用的
都挂在晾衣架上，晾干

所有的坚强都是假装的
只有羊羔的怒吼接近真实

而面对迟迟不来的雪
我能用的只有自己的语言

其实幸福一直都在
也许尚在你未跋涉的路上

如果我们都能懂得挥手
黑夜一定会输得更惨

那一刻的事也是事

从阳光里出来
人间的欢愉渐渐细小

缄口不言的石头
有花香藏匿

一片芦花在夜归者的额头
似醉似舞

我扶着一颗星星的肩膀
给月亮穿上
羊皮做的
衣裳

我是什么

把一粒沙
放在大海
它便有了石头的分量

把一只鸟
放在歌里
它便有了天空的广阔

如今，我把自己
放在你的眼里

我要把爱留给雪

幸好
月亮倒挂
秋风渐已没入林间

幸好
落叶与我无关
我有不在场的证据

幸好
我还留下刀的分量
去年突然转身的雪呢

是不是对我一尘不染的
院子
还心存愧意

夜还需要眼睛吗

这难听的声音
是湖面在梦里翻了个身
秋蝉啊
你的泪别落下了
这夜色很深
谁会给你一句
不带风的安慰

我差点把自己忘了

现在我要去睡了
那么，我俩的
爱与恨
就让它们
在天亮以后
继续

我不需要证人

毫无征兆
灯的翅膀就在夜里
折断了
我还能听见
越来越微弱的呻吟
我不敢打开窗
只是将脸贴在玻璃上
我相信，此时
许多玻璃上都贴着一张
惊恐的脸
玻璃的反面
夜的脸在抽搐在痉挛

这个夜里
所有的石头都会怀孕
所有的水都在为树叶申冤
而所有的人都会找来一面镜子
然后吐了吐舌头
便躲了进去